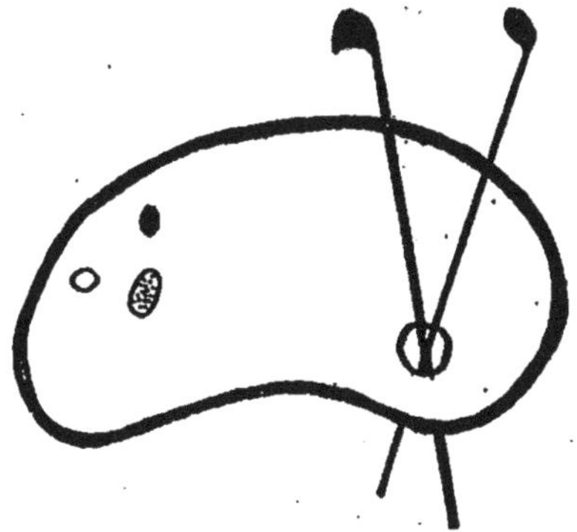

DEBUT D'UNE SERIE DE DOCUMENTS
EN COULEUR

Couverture inférieure manquante

A. ROGEARD

PAUVRE FRANCE!

R. F.

PARIS ET BRUXELLES
CHEZ TOUS LES LIBRAIRES

1870

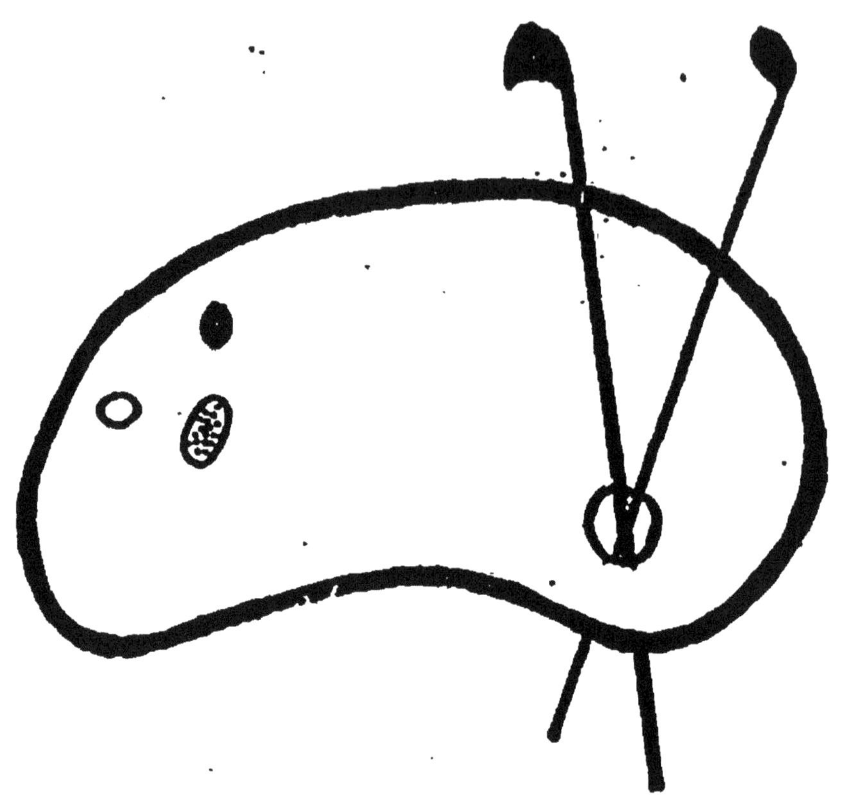

FIN D'UNE SERIE DE DOCUMENTS
EN COULEUR

PAUVRE FRANCE!

Les éditions de ce livre non revêtues de la signature de l'auteur doivent être réputées contrefaites.

Bruxelles. — Imprimerie de J. H. Briard, rue des Minimes, 51.

A. ROGEARD

PAUVRE FRANCE!

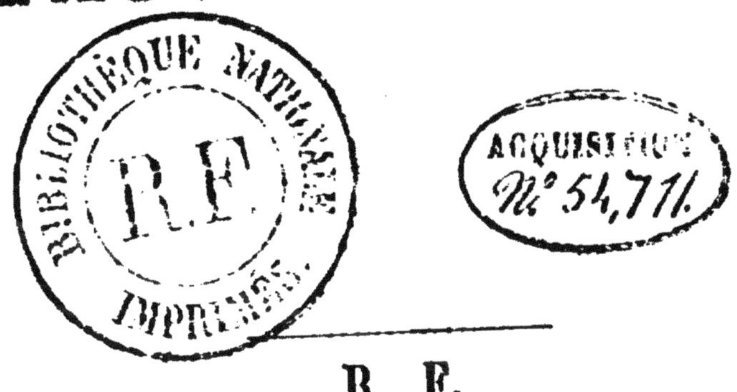

R. F.

PARIS ET BRUXELLES
CHEZ TOUS LES LIBRAIRES

1870

A LA MÉMOIRE

DU CITOYEN CHARLET

Guillotiné

A BOURG (AIN) L'AN 59 DE LA RÉPUBLIQUE

POUR AVOIR DÉFENDU

L'ORDRE ET LES LOIS

Je dédie ce livre.

A. ROGEARD.

PREFACE

Je te dois, cher lecteur, quelques explications; celles que je vais te donner te contenteront, j'espère, si tu n'exiges toutefois que ce que tu as le droit d'exiger : la bonne foi. Tu pourras ne pas approuver ma pensée, mais tu la connaîtras tout entière; tu pourras uger autrement que moi ce que j'ai fait, mais tu sauras, comme moi, ce que j'ai voulu faire.

Je prévois des critiques de plus d'une sorte; ce petit volume sera attaqué par tous les côtés à la fois; il se trouvera des gens pour blâmer ceci, cela et le reste. On condamnera le fond, la forme, le titre et jusqu'à la dédicace. Attaquer l'empire, diable! l'attaquer en vers, peste! oser plaindre la France, voyez-vous cela! invoquer l'ombre d'un guillotiné, horreur!

Le premier point sera le moins contesté; nul ne me déniera le droit ni même la raison de mes attaques; tout le monde sait aujourd'hui ce que c'est que l'empire du Deux-Décembre; tout le monde le sait dans les pays libres, et même à Paris; on le sait à la ville, on le sait à la campagne, on le sait même à la cour ; il faudrait aller bien loin, et descendre bien bas pour trouver quelqu'un qui l'ignore ; où sont-ils les Epiménides ayant dormi vingt ans, qui prennent le bonapartisme pour un parti et l'empire pour un gouvernement ? Nul ne croit à la durée de l'horrible chose ; le monstre est né phthisique, ses médecins l'ont condamné ; voyez maintenant ! les symptômes sont clairs ; il râle, c'est l'agonie ; personne ne s'y trompe, pas même Eugénie (1), qui fait ses malles ; pas même Ollivier, qui fait sa fortune ; pas même Persigny, qui fait des brochures de consolidation ; pas même Bonaparte, qui a avoué publiquement que son coup d'État était un attentat, et que son élection était une absolution ; pas même le prince Napoléon, qui conspire avec trois colonels, et lance à Ajaccio, un peu trop tôt, son manifeste de joyeux avénement ; pas même enfin le prince impérial, à qui son auguste père a pris soin d'enseigner, dans un discours public, que dans la France de 1792 les restaurations durent peu, et que les fils de ceux qui tentent l'aventure, ne sont jamais que des héritiers sans héritage, des successeurs sans succession, des dauphins sans avenir, des fruits secs de la royauté, et des monarques *in partibus*, fatalement destinés à expier en exil le crime de leurs pères, comme le duc de Reichstadt, comme le comte de Chambord, comme le comte de Paris, comme lui-même, le cher enfant !

Ainsi, personne en France, même parmi les intéressés, ne croit à la légitimité de l'empire, ni à

(1) Au moins une fois, à ma connaissance.

sa nécessité, ni à son utilité, ni surtout à sa moralité, ni même à sa durée, encore moins à son hérédité.

Quant à ce qu'on pense du chef de l'État, c'est bien pis ; sur ce sujet, il n'y a qu'un avis. Jamais haut et puissant seigneur, dans une oraison funèbre, n'a traîné après son nom autant d'épithètes ; seulement ce ne sont pas les mêmes. Là-dessus, nul désaccord ; les opinions sont unanimes, y compris la sienne :

Quelques titres honteux qu'en tous lieux on lui donne,
Son misérable honneur ne voit pour lui personne ;
Nommez-le fourbe, infâme et scélérat maudit,
Tout le monde en convient et nul n'y contredit.

C'est surtout dans les ministères et dans les ambassades que la médisance se donne carrière ; cela se conçoit : ces messieurs voient le mal de plus près ; du reste, peu préoccupés des idées et des principes, ils ont, contre les personnes, d'impitoyables ressentiments ; de plus, ils ont une revanche à prendre ; ils se dédommagent de leur humiliation par des cancans d'antichambre. Le pire ennemi du maître, c'est le valet. Ainsi découlent de bonne source, par mille canaux secrets, mille anecdotes scandaleuses qui alimentent l'opinion, et arrivent jusqu'à nous. Les confidences de la tyrannie filtrent à travers les murs de ses palais ; ses hideux mystères éclatent, et débordent l'enceinte qui devait les étouffer ; un cri d'horreur sort de la poitrine de ses complices épouvantés.

L'empereur n'a pour lui que les journaux et les discours qu'il a grassement payés ; il n'a donc pour le louer que lui-même, et encore. Sur son passage, silence. Nuls vivats, que ceux de la police; quant aux vivats populaires, les premiers qu'il a entendus sont ceux de son départ pour l'Italie, et les derniers furent les cris de : *Vive Lambert!*

Non, la France n'est pas coupable d'accepter l'empire, comme l'en accusent un peu légèrement ses voisins plus heureux; elle ne l'a jamais pu digérer et elle est en train de le revomir, pour n'en pas être empoisonnée. Elle n'est pas coupable de conserver l'empire, ni de le soutenir, ni de le laisser vivre; elle est seulement coupable de le laisser mourir, de le laisser mourir de lui-même, quand il est de son honneur de le tuer, pour l'exemple.

Il ne faut pas que la chute de l'empire soit un accident, comme son élévation : il faut qu'elle soit une revendication; il ne faut pas que l'affranchissement de la France soit une simple aventure, comme son asservissement, mais bien une solennelle restauration du droit, une éclatante revanche de la liberté, une révolution juridique; il ne faut pas que le peuple français ne tienne sa délivrance que du hasard, il faut qu'il la tienne de lui-même; il ne faut pas qu'on puisse dire un jour, à la honte de notre pays, que l'empire n'est mort qu'avec l'empereur; il faut que l'on sache, au contraire, que le sol français tremble et se soulève et s'entr'ouvre, chaque fois qu'il est déshonoré par un trône; il faut qu'on sache que si parfois encore, à la faveur des discordes civiles ou des malheurs publics, se glissant honteusement derrière une invasion ou derrière une insurrection, l'odieuse monarchie ose reparaître dans la patrie des libertés modernes, il faut qu'on sache que les hôtes sinistres de l'auberge-Louvre ne sont que de rapides voyageurs, de sombres oiseaux de passage, par un orage apportés et emportés, ne perchant un instant sur un trône que pour aller s'abattre, avec du plomb dans l'aile, soit à l'île d'Elbe, soit à l'île Sainte-Hélène, soit à Holyrood, soit à Claremont.

Un fait nous remplit d'espérance : c'est qu'en France on commence à rire. Ah ! c'est une grande et puissante chose que le rire français ; le rire français fait tomber des murailles, comme les trompettes de Josué ; depuis trois cents ans, chaque éclat de rire français a fait écrouler un trône ou un autel, a emporté une monarchie ou une religion. Si grand que soit le mal qui ravage le pays, qu'un puissant rieur se lève, et dise : Voyez ! Le peuple voit et rit, et la révolution est faite. Ainsi Rabelais, ainsi Voltaire, ainsi Beaumarchais, ainsi Courier. Aujourd'hui, c'est mieux encore : Beaumarchais n'est pas même nécessaire ; le mal est grand sans doute, mais le ridicule aussi, et l'ennemi est si drôle, que sans qu'il soit besoin ni de pamphlets, ni de satires, ni de mémoires, ni de libelles, ni de ménippées, la France n'aura qu'à le regarder, et fera sa révolution, en se tenant les côtes.

Il est à remarquer que l'empire a eu deux sortes de défenseurs : les féroces et les grotesques ; les féroces, comme Magnan, Espinasse, Quentin Bauchart, etc..., et les grotesques, comme Boissy, Duruy, Persigny, Husson et Belmontet, etc., etc. ; encore parmi ces derniers faut-il distinguer ceux qui assaisonnent leur servitude de quelques grains de malice, et se dorent à eux-mêmes la pilule, ou font la grimace en l'avalant, de ceux qui acceptent tout avec grâce et flattent le maître du logis avec une adorable naïveté. Ainsi lorsque le marquis de Boissy dit qu'*il fait des vœux pour la santé de l'empereur tout le jour—et toute la nuit, quand il ne dort pas*, M. de Boissy, en disant cela, se moque un peu de Sa Majesté. Au contraire lorsque M. Duruy dit que *l'empereur est l'homme le plus libéral de l'empire*, M. Duruy est innocent ; c'est une nuance ; mais tous les deux sont grotesques, c'est l'essentiel ; et le ridicule de tous les deux retombe sur leur maître : c'est tout ce que je leur demande.

Donc, en France, on commence à rire et à comprendre ; l'énorme malentendu touche à sa fin, et nous allons sortir de cet imbroglio monstrueux, et déjà tout le monde sait, aussi bien que l'empereur lui-même, que l'empire est un établissement fondé sur un crime, et qui durera ce que durent les crimes, un peu plus, un peu moins, suivant le plus ou moins d'activité des magistrats et des gendarmes.

Mais c'est précisément parce que tout le monde le sait, qu'on pourra me contester la nécessité de le redire, secondement la puissance de le bien dire ; examinons ces deux points :

L'empire mourra, ce n'est plus une question, et il ne mourra qu'après avoir tué son héritier, et nous n'avons rien à craindre ni de la régence, ni du cadet, ni du présomptif, ni du collatéral ; c'est chose acquise et nul ne s'en inquiète, et l'édifice, non couronné, s'écroulera, et écrasera dans sa chute son sanglant architecte, et tous ses gâcheux et tous ses goujats, et tout le bonapartisme et tous les Bonaparte, et il n'en restera pas une pierre, ni pas un homme, à peine un invalide pour en montrer la place, et la bande périra avec le bandit; tout cela est clair, tout cela est bien; est-ce assez? non!

Il ne suffit pas que l'empire tombe; il faut encore qu'il tombe promptement; il ne faut pas lui laisser le temps de démoraliser le pays assez pour qu'une monarchie quelconque puisse encore s'y établir, ni de corrompre assez la nation pour qu'elle puisse accepter un roi. Or, de tous les agents de décomposition sociale, de tous les dissolvants, de tous les putréfiants, le despotisme militaire est le plus puissant, le plus énergique, le plus violent. De toutes les monarchies, celle-là est la plus riche de vertus toxiques; ses effets sont rapides, terribles, foudroyants; des peuples qui nous valaient bien en sont morts : Athènes en est morte, Rome en est morte, Paris en mourrait, s'il allait s'endormir avec ce poison dans le ventre.

Alexandre, César, Napoléon, empoisonneurs de peuples!

Croyez-vous donc que je déteste l'empire uniquement à cause du mal qu'il fait au temps présent, et des souffrances qu'endure la génération actuelle, et parce que cette génération est sacrifiée, et parce qu'en France, à l'heure qu'il est, il n'y a ni presse, ni tribune, ni droit de réunion, ni droit de pétition, ni droit de manifestation, ni droit d'association, ni droit d'instruction, ni publicité; partant nulle garantie ni pour la fortune, ni pour la liberté, ni pour le domicile, ni pour la vie des citoyens?

Croyez-vous que je le déteste exclusivement à cause des massacres et des transportations, à cause des guerres perpétuelles et des emprunts à fonds perdus, à cause du pillage et du gaspillage, à cause de la liste civile et de la banqueroute, et parce que cet empire, reposant sur une seule tête sans cesse menacée, ressemble à une pyramide retournée et reposant sur sa pointe, et qu'il ne se maintient que par un miracle d'équilibre, et parce qu'il cause à chaque instant des transes mortelles à la Bourse, et des paniques au commerce, et des alertes à l'industrie, et des frayeurs à la rente, et des coliques à la propriété, et parce qu'il n'y a, avec lui, ni stabilité pour le gouvernement, ni sécurité pour les gouvernés?

Croyez-vous que je le déteste seulement parce qu'il fait en lui mépriser l'autorité et rend l'exercice du pouvoir difficile après lui, et parce qu'il a supprimé pour tout un peuple les conditions de la vie, et parce qu'il s'appuie, comme toutes les monarchies, et plus qu'aucune d'elles, sur les sept institutions (les sept fléaux des sociétés modernes) qui font vivre les rois et mourir les peuples, les sept colonnes maudites de l'édifice maudit, et qui sont: l'armée permanente, le clergé salarié, la magistrature inamovible, l'administration centralisée, la police, la prostitution et le paupérisme organisé?

Croyez-vous que je le déteste enfin pour le luxe des uns et la ruine des autres, et parce que j'ai été moi-même un peu spolié, un peu emprisonné, un peu exilé, et que je serai peut-être, un jour, un peu guillotiné? Croyez-vous que je le déteste seulement pour cela, et pour tous les autres genres de crimes qui se commettent tous les jours, et qui croissent à sa surface comme champignons sur couche, et dont je ne puis faire ici qu'une énumération incomplète, facilement continuée par le lecteur? Croyez-vous que je n'aie pas d'autres sujets de haine? Allons donc! je déteste l'empire pour le mal qu'il peut faire, plus que pour celui qu'il a fait; pour l'avenir, plus que pour le présent; parce que l'œuvre de destruction morale s'accomplit rapidement; parce que la démolition des esprits va plus vite encore que celle des maisons; parce qu'on tremble de voir l'empire étendre peu à peu jusque sur le Paris intellectuel la lèpre de sa ressemblance et la laideur de ses embellissements; parce qu'il pourrit une à une toutes les fibres du corps social; parce qu'un an, un mois de plus peuvent mettre en péril les organes essentiels; parce qu'il y va de la vie du peuple français malade; parce qu'un empire est une maladie dont on meurt; parce qu'après celui-ci tout peut paraître bon, même un autre mal, même un Bourbon, même un d'Orléans, même un replâtrage constitutionnel, même une ombre de liberté, même un nouvel avortement de la Révolution française, même une huitième Restauration; voilà pourquoi je déteste l'empire.

Ah! les coupeurs de bourses et les coupeurs de têtes ne sont rien, que des innocents, à côté des étouffeurs de consciences! Voilà pourquoi surtout je déteste l'empire, voilà pourquoi il importe qu'il ne dure pas ; voilà pourquoi, moi chétif, j'ai résolu de crier bien haut, et d'appeler bien fort, et d'écrire tous les jours ; ce que faisant, je ne fais que mon devoir. La maison brûle, et je crie : Au feu ! Voilà tout ; la France se débat sous l'étreinte de son ennemi, et je crie : Au secours ! Un Bonaparte est entré la nuit dans nos murs, avec sa bande armée ; déjà il fait grand jour, et il y est encore, et je crie : Aux armes ! Ce petit livre est une œuvre de combat, bien plus qu'une œuvre d'art ; c'est un travail de siége, une machine de guerre ; ma poétique est une balistique, et mon vers est chargé jusqu'à la gueule, et je fais feu, à mes risques et périls ; chaque rime est un cri de rage ; chaque hémistiche, un cri de détresse.

Il ne faut donc pas me demander autre chose que ce que j'ai voulu donner. Le moment est solennel, le sort de l'Europe se joue à Paris, le danger de la France est le péril du monde ; dans un pareil moment toute main cherche une arme, un seul cri sort de toutes les poitrines : Guerre, guerre ! Une *Marseillaise* formidable gronde dans tous les cœurs : la *Marseillaise* de la troisième république ! et moi aussi, avec la parole ou l'écriture, avec le journal, avec le livre, en vers, en prose, tant bien que mal, et comme je peux, je vous dis : Montons à l'assaut de l'empire !

Ai-je besoin, après cela, de justifier la forme que je choisis aujourd'hui, et faut-il te dire, cher lecteur, pourquoi j'ose écrire en vers. Demande-moi aussi pourquoi j'écris en prose ; car sous une forme ou sous l'autre, c'est toujours la même raison qui me fait écrire, raison qui m'a dicté mon premier article de journal, vers 1852, et sans laquelle je n'aurais peut-être jamais écrit de ma vie; cette raison, c'est la haine de l'empire et la nécessité de le combattre, à outrance et par tous les moyens.

J'écris pour agir, j'écris parce que le temps presse, j'écris d'urgence, j'écris parce qu'il faut bien que quelqu'un écrive ce que tant d'honnêtes gens ont dans le cœur, et s'il ne m'est permis de le dire au papier, je l'écrirai sur les murs. En présence d'une pareille nécessité, j'espère qu'on ne me chicanera pas trop sur la forme. A la voix qui me crie : Casse-cou! je ne demande pas d'être harmonieuse; à celui qui me crie : Prends garde! et qui me sauve, je ne demande pas s'il est bon musicien; je comprends seulement qu'il m'a sauvé, et je lui dis : Merci.

Vous souvenez-vous de l'histoire du fils de Crésus? Il était muet de naissance; il avait trente ans lors de la prise de Sardes. Pendant le sac de la ville et du palais, il voit un Perse lever le bras sur Crésus, et l'amour filial triomphant de la nature, il trouve la parole pour crier : *Soldat, ne tue pas mon père!* Et moi aussi, j'étais muet, c'est-à-dire, je n'écrivais pas, avant la prise de Paris par Bonaparte; mais pendant le sac de la ville, le voyant brandir son coup d'État sur la France, je lui criai (non pas *Soldat,* car le fuyard de Magenta et de Solferino n'est pas même un soldat), mais je lui criai : *Brigand, ne tue pas ma mère!* Voilà comment je me suis décidé à écrire.

Sans cela je n'écrirais pas. J'ai une trop grande

admiration pour les vrais écrivains, une trop haute estime pour le plus beau, le plus puissant et le plus difficile de tous les arts, pour oser le cultiver moi-même, si je ne m'y croyais contraint par des motifs étrangers à l'art lui-même. J'ai résisté quinze ans à la passion d'écrire. Mais quand je vois au pouvoir un Veyrat, proxénète ; un Fleury, proxénète ; un Morny, voleur ; un Haussmann, voleur, qui volait des tombeaux à Nérac, avant de voler des maisons à Paris ; quand je vois à leur tête un Verhuel, juif hollandais, résumant leurs mérites ; quand je vois tous ces truands et toute cette truanderie, et dans cette cour des Miracles, cet empereur bohême,

Ma bile alors s'échauffe et je brûle d'écrire.

Je ne sais pas si je suis écrivain, j'ignore absolument ce que vaut ma prose et ce que valent mes vers ; et qu'importe cela ? il s'agit bien vraiment de renommée littéraire ! il s'agit de délivrer la France!

Il faut que la lumière se fasse sur ce ténébreux empire ; que chacun dise un mot, apporte un fait, que chacun écoute ce qui lui est dit de bonne foi, et quand tout le monde saura, tout le monde haïra. Écoute-moi donc en vers aujourd'hui, tu m'entendras en prose demain ; aujourd'hui, comme demain, comme plus tard, comme toujours, je ferai ce que je pourrai pour répandre la vérité.

La haine du despotisme m'a fait écrire, la haine du despotisme me donnera des lecteurs. Sans cela je n'aurais pas espéré vaincre la répugnance légitime du public pour un écrit en vers. Je dis légitime, car le public sait que dans ce siècle, comme dans les plus féconds, on compte à peine deux ou trois grands poëtes, une dizaine tout au plus de poëtes de second ordre, cinq ou six cents poëtes de profession, et quarante mille poëtes-amateurs (un par commune), faisant des vers comme le Huron en faisait pour sa Huronne, et faisant de la poésie comme la femme de mon sous-préfet sait faire de la musique ; je comprends dans ce calcul les cinq cents poëtes officiels cités dans le recueil du Père Lesguillon, et je m'explique la répugnance du public pour les vers. Quant à moi, j'espère que tu me liras parce que j'ai enchâssé dans mes vers quelques-unes des figures de l'empire, et conservé le souvenir de certains faits que tu désires connaître. J'ai sculpté des monstres et conservé des fœtus et embaumé des embryons, j'ai fait de la moulure pathologique, je t'ouvre le musée Dupuytren de la politique contemporaine, je veux que tu sortes de là épouvanté, et préservé. Cette série de tableaux satiriques (1) est une revue des maux qui désolent la France, sous le régime actuel ; si le spectacle t'intéresse, je te donnerai une seconde représentation ; ceci n'est que le premier tableau ; les pièces militaires en ont d'ordinaire douze ou quinze.

Je crois, dussé-je contredire le législateur du Parnasse, que la poésie, sans être sublime, peut être un puissant instrument de vulgarisation ; j'ai même, sur l'art inférieur, une théorie que je t'exposerai

(1) Deux de ces pièces (*Plus heureux qu'un roi* et *Le lion du quartier latin*), répandues en France par la presse clandestine, ont donné lieu à des poursuites contre les colporteurs et même contre les porteurs ou expéditeurs d'un seul exemplaire ; un d'eux a été condamné à trois mois de prison.

peut-être un jour. Pour aujourd'hui, je ne te rendrai pas d'autres comptes. Il me reste à justifier en deux mots mon titre et ma dédicace.

J'ai dédié mon livre à la mémoire d'un honnête homme et d'un bon citoyen, qui a combattu, en 1851, la rébellion bonapartiste, et défendu la République contre les factieux. Dans un temps où la morale publique est à peine fondée, où la conscience publique est presque nulle, les hommes sont rares qui savent aimer la justice jusqu'à la mort, et pousser jusqu'au bout, c'est-à-dire jusqu'au sacrifice de la vie, l'accomplissement des devoirs de la vie publique. Il est bon que leur mémoire soit honorée, pour qu'ensuite leur exemple soit suivi. Charlet est un de ces hommes.

Quant à mon titre, j'espère que personne n'y verra une injure contre la France, mais simplement un cri de douleur. La lecture de mon livre convaincra le lecteur de ma confiance dans l'avenir de notre pays. Je crois toujours que si l'Europe n'est pas barbarisée par la Russie, elle sera émancipée par la France, par son impulsion, sa propagande et son exemple.

« Républicaine ou Cosaque, » disait le premier Bonaparte ; le vieux traître, à son lit de mort, a dit cette vérité, n'ayant plus aucun intérêt à la cacher, et n'étant pas fâché, d'ailleurs, de montrer qu'il en savait au moins autant, sur le droit moderne, que le dernier de ceux qu'il avait opprimés, voulant faire croire qu'il n'était pas plus sot que ses victimes, qu'il était seulement moins honnête. Car les gens de cette espèce tiennent plus à l'honneur de leur esprit qu'à celui de leur caractère, dont ils ont fait le sacrifice le premier jour de leur vie publique; je dis de leur vie publique et non de leur vie politique, car des misérables comme les deux Bonaparte n'ont jamais été des hommes politiques, c'est-à-dire, des citoyens ayant un système politique et y consacrant toutes les lumières de leur esprit, toutes les ressources de leur talent, toutes les énergies de leur nature, tous les avantages de leur position matérielle; mais simplement des chevaliers d'industrie, prenant la politique pour prétexte, et l'exploitant, dans un intérêt personnel exclusif, comme d'autres exploitent la religion, la philanthropie, la littérature, l'éloquence, le commerce ou le magnétisme. Ils sont cela, et rien de plus, c'est-à-dire des malfaiteurs de la pire espèce, spéculateurs en grand sur la raison d'État, le crime d'État et le coup d'État; plus coupables cent mille fois et plus funestes que les malfaiteurs ordinaires qui spéculent modestement sur un coup de bourse, sur un coup de main, ou sur le passage d'une diligence.

Donc le vieux bandit corse, qui ne savait que mentir aux Tuileries, disait la vérité à Sainte-Hélène. Oui, la civilisation moderne est menacée par une invasion de Cosaques, mais les plus Cosaques de l'Europe ne sont pas ceux qu'on pense : les vrais Cosaques sont à Paris.

La France, à l'heure qu'il est, se trouve envahie par une horde de sauvages, qui s'appellera dans l'histoire *la bande Bonaparte*; gens sans foi ni loi, hier encore et demain sans feu ni dieu, n'ayant aucune notion du droit, aucun sens moral, aucun respect de la justice, aucune conscience des devoirs politiques, rôdeurs de nuit, barons de grands chemins, ducs de Bohême, chevaliers du brouillard, aventuriers de haute pègre, faisant ratelier du bien d'autrui, et litière des intérêts publics. Et cette tribu de Mohicans occupe la France militairement, et ces Peaux-Rouges voudraient tatouer la nation à leur image! C'est là qu'est l'invasion, c'est là qu'est la barbarie, c'est contre ces Vandales en épaulettes et en habit noir qu'il faut défendre la société française, et le dépôt sacré de la science nouvelle et des libertés du monde.

Voilà pourquoi j'ose écrire, lecteur, mon cher ami; juge-moi comme il te plaira, mais ne me compare pas à M. Belmontet! O critique, tout, excepté cela! Défendant la bonne cause, si je paraissais aussi sot que lui, c'est que je le serais davantage. Et maintenant, cher lecteur, salut et fraternité! et puisses-tu vivre dans la haine du despotisme religieux, civil ou militaire, et dans la résolution de le détruire. Car si la tyrannie peut être le crime d'un seul, la tyrannie qui dure devient le crime de tous, et la servitude volontaire n'est pas autre chose que la malhonnêteté publique.

A. R.

Bruxelles, 2 septembre 1863.

PAUVRE FRANCE!

I

Laissez chanter la source, et laissez courir l'onde;
Le ruisseau qui murmure, est un torrent qui gronde
Contre l'énorme bloc sur son chemin jeté;
Le flot monte, et le bloc énorme est emporté.
Coulez, ruisseaux; grondez, torrents de nos colères;
Montez, haines; tonnez, vengeances populaires!
Il penche, il va tomber, cet empire romain :
Un flot de vérités l'emportera demain!

II

LA FRANCE IMPÉRIALE.

... Fuimus Troes, fuit Ilium et ingens gloria!
VIRGILE.

O France, tu n'es plus la France d'autrefois,
Car tu n'as plus de peuple, et tu n'as plus de lois.

Autrefois, dans un ciel ensoleillé de gloire,
Tu montais radieuse au zénith de l'histoire :
Le monde tressaillait sous tes pas triomphants.
O mère, qu'as-tu fait de tes nobles enfants?
Ils étaient du progrès la généreuse armée,
Promenant sur l'Europe une victoire aimée.
Mais qui donc a changé cette armée en troupeau,
Ces héros de l'idée en valets de bourreau?
Quel flot d'ombre et de sang a noyé cette flamme?
Quelle bouche empestée a soufflé sur ton âme?
O France, qu'as-tu fait de ta splendeur d'hier,
Etoile d'Orient tombée au gouffre amer?

. . . .

De Paris au Mexique, et du Tibre à la Sambre,
Plane, comme un vautour, l'esprit du Deux-Décembre;
Le mal règne, l'Europe est un enfer profond,
C'est l'entonnoir du Dante, et la France est au fond.
Plus bas que la Russie et plus bas que l'Autriche,
Plus bas que tout : — hier encore, elle était riche
Et puissante ; elle est faible et pauvre maintenant,
La dernière parmi ses sœurs du continent.
C'est qu'aussi de ses sœurs elle est la plus coupable :
Elle était la vestale ; on la croyait capable
Et digne de porter, devant le genre humain,
Le flambeau qu'elle avait allumé de sa main ;
Ayant laissé mourir cette flamme sacrée,
Il fallait que vivante elle fût enterrée.
Appuyé sur sa bêche, ainsi qu'un laboureur,
Le fossoyeur sinistre est là : c'est l'empereur.
Nous sommes morts ; Paris, qui fut le Capitole
De la Démocratie, en est la nécropole ;
Tous ces mornes passants, faces de déterrés,
En uniforme, en froc, en frac, tous décorés,
Quel fardeau les accabla et quel deuil les afflige?

Courbés, pâles, muets! ce sont des morts, vous dis-je!
Ils s'en vont au Sénat, lorsque le temps est beau;
Ce sont de pauvres morts qui changent de tombeau.
La Seine est un Léthé; les âmes les plus fortes
Y vont boire l'oubli de leurs libertés mortes,
Et ces Français, si fiers jadis d'avoir vaincu,
Ne se souviennent plus même d'avoir vécu.
L'étranger seulement garde encor la mémoire
De ce peuple qu'on vit rayonner dans l'histoire,
Et qui s'évanouit un jour, on ne sait où,
Comme un beau cavalier qui tombe dans un trou.
C'est comme un monument de cette gloire immense
Qu'on vient voir aujourd'hui la terre où fut la France,
Terre sainte, où le genre humain fut racheté,
Où naquit et mourut deux fois sa liberté!
On aime le pays où vivaient nos grands hommes,
Ce qu'alors nous étions, et non ce que nous sommes.
Comme à Jérusalem, on vient voir à Paris
Le tombeau d'un Sauveur que les païens ont pris.
On entre avec respect dans la funèbre enceinte
Où gisent les débris de la nation sainte,
De celle qui longtemps écrivit et parla
Pour le salut du monde, et l'on dit : C'était là!
Où coule un flot fangeux de prêtres et de filles,
C'était là que vivaient les preneurs de Bastilles!
Non, non, vous n'êtes plus la grande nation,
Français, qui trahissez la Révolution!
Fils de ceux qui faisaient de glorieuses tâches,
Fils de quatre-vingt-douze, êtes-vous donc des lâches?
Craignez de voir passer en de plus dignes mains
Ce sceptre du progrès qui régit les humains,
Que la Grèce, que Rome ont tenu, que la France
Tenait, et qu'en un jour honteux de défaillance,
Cette reine du droit, de l'esprit et du goût,

Vient de laisser tomber, hier, dans un égout.
Et maintenant qu'il est tout au fond de l'empire,
Où trouver un plongeur hardi qui l'en retire ?
Un homme a pu jeter un peuple au Barathrum ;
Paris est enfoui comme un Herculanum ;
Où trouver un héros qui vienne, la main pure,
Pour nous débarbouiller de toute cette ordure ?
Qui pourra repêcher tout ce peuple nageant
Dans cette fondrière, ainsi que Jean Valjean,
Et te faire surgir de cette écume immonde,
Comme autrefois Vénus naissant du sein de l'onde,
France Anadyomène, à notre œil enchanté,
Avec toute ta gloire et toute ta beauté ?

III

LA COMETE (1).

Astre qu'un roi redoute, et qu'un buveur adore,
Aux uns torche sinistre, aux autres blanche aurore,
Toi qui fais tour à tour, par un décret divin,
Tomber un mauvais prince, ou mûrir un bon vin ;
Astre inconnu de tous et de l'Institut même,
Astre terrible et doux, dis-moi pourquoi je t'aime.
Ton aspect me console et je ne sais pourquoi
Ta lumière nocturne est un soleil pour moi.
Es-tu le Châtiment qui lentement arrive ?
Viens-tu brûler Gomorrhe ou foudroyer Ninive ?
Ah ! si tes nuits pouvaient ramener mes amours
Et terminer les maux que m'apportent les jours !

(1) Écrit en 1857, à propos de la comète de Donati.

Oui, je veux saluer ici ta bienvenue,
Mais, de grâce, dis-moi ton nom, belle inconnue.
Etrange visiteur, hôte mystérieux,
Quel message à la terre apportes-tu des cieux?
Pourquoi te déranger de là-haut? qui t'amène?
En quoi peut t'importer la fourmillière humaine?
O comète! viens-tu, fatidique miroir,
Nous montrer des malheurs que je n'ose entrevoir?
Lorsqu'on te voit rôder autour de notre sphère,
Ne pourrait-on savoir ce que tu viens y faire?
Nous aurais-tu déjà visités par hasard?
As-tu vu Charles-Quint? as-tu connu César?
O sibylle, qu'as-tu d'étonnant à nous dire?
Viens-tu nous effrayer, ou viens-tu nous sourire?
Pourquoi n'as-tu rien dit à monsieur Leverrier?
On n'entre pas ainsi sans parler au portier.
Serais-tu pas, dis-moi, quelque âme planétaire
Qui vient dire bonjour à l'âme de la terre?
Es-tu l'énorme doigt qui sur le marbre uni
Ecrit à Balthazar : Ton empire est fini?
Ou le char flamboyant du bon prophète Elie,
Qui de retour enfin de son périhélie,
Trouve Jérusalem au pouvoir d'un muphti,
Et demande pourquoi le Seigneur est parti?
Serais-tu, par hasard, la blonde Bérénice,
Venant voir s'il est temps que sa douleur finisse?
O reine, porte ailleurs tes sentiments têtus,
Car les Caligula font haïr les Titus.
Quelle main trace ainsi des mots pleins de mystère
Sur une page d'ombre en lettres de lumière?
Quel sens profond contient cette énigme de feu?
Ne serait-ce pas là l'écriture de Dieu!
Menaçante dépêche, effrayant télégramme,
Manifeste d'en haut, majuscules de flamme

Que le roi des soleils affiche sur son mur
Entre les portes d'or de son Louvre d'azur.

. . . .

Autrefois, je le sais, dans l'enfance des mondes,
Quand le premier bon Dieu faisait faire des rondes
Dans l'empire céleste, encor trop peu soumis,
Les astres chevelus étaient ses bons amis.
Les comètes faisaient, dans l'immensité bleue,
La police du ciel, avec un coup de queue ;
Et dans les flots de l'air quelque monde souvent
Sombrait, comme un vaisseau que secoue un grand vent.
Quand l'émeute des dieux, agitant l'Empyrée,
Grondait dans les faubourgs de la ville sacrée,
Quand les Jacques du ciel et les divins bandits
Sortaient, comme des loups, des bois du Paradis,
Si le maître avisait quelque lune rebelle
Où se barricadait la canaille immortelle,
L'astre géant alors, hérissé, furieux,
S'élançait pour courir sus aux séditieux,
Brandissant dans les airs ses flammes vagabondes ;
Comme une fronde énorme, épouvantail des mondes,
Il culbutait, aux yeux de son maître vengé,
La planète mutine ou le globe insurgé.

. . . .

Plus tard, alors régnait Romulus Augustule,
Les Romains, peuple vil et mangeur de sportule,
Quand ils s'étaient défaits de quelque majesté,
Faisaient du mort un dieu : c'était l'indemnité.
Si bien qu'ils encombraient la demeure céleste ;
A grand'peine avait-on quelque lune de reste :
Tout était pris ; cela ne pouvait pas durer.
D'ailleurs, les nouveaux dieux qu'on avait fait entrer,
Étaient pour les anciens fâcheuse compagnie ;
Rome se couronnait de son ignominie.

Il n'était gueux, coquin, meurtrier ni voleur,
Qui ne fût assez bon pour faire un empereur;
L'abjection romaine en eux s'était sacrée,
Et c'étaient ces gens-là qui peuplaient l'Empyrée;
Fange humaine sculptée en figures de dieux,
Ecume de la terre éclaboussant les cieux;
Chaque César avait sa lune ou son étoile,
La douce nuit pleurait de honte sous son voile;
Tout dieu qui se respecte avait déménagé,
Et l'Olympe homérique en bagne était changé.
D'empereur ou de roi chaque figure immonde
Déshonorait un ciel et salissait un monde.
Caligula, Néron, Claude, Domitien,
Tous infâmes, tous dieux! chaque astre avait le sien.
Chaque soleil portant au front sa tache d'ombre
Et de sang, s'appelait d'un nom sinistre et sombre,
Si bien que le pontife invoquait de tels saints,
Comme un bourreau qui fait l'appel des assassins.
Et cependant toujours croissait l'horrible engeance,
Et Rome avait versé son trop plein dans Byzance.
Le bon Dieu s'indignait de voir ce flot impur
Monter jusqu'à son ciel et crotter son azur.
« Mes comètes, dit-il, ma clémence est finie,
« Allez! et qu'on me fasse une théophonie;
« Qu'on reprenne à ces dieux mon ciel: ils l'ont volé! »

. . . .

L'ardente légion passa : tout fut brûlé.

. . . .

Sommes-nous dans ces jours, comète redoutable?
Les temps sont doux, on est heureux, on est à table!
Ce siècle plein de gloire étouffe de vertu;
On est heureux, les temps sont doux, pourquoi viens-tu?
Cherche ailleurs le séjour des crimes que tu venges;
Notre charmante espèce est une espèce d'anges;

Comète, épargne-nous! ce monde est innocent;
Il ne sait ce que c'est que de verser le sang.
Les temps sont loin de nous où l'on vendait son âme;
On ne voit plus de lâche, on ne voit plus d'infâme;
Personne auprès des grands ne sait vivre à genoux,
Ce monde est innocent, te dis-je, épargne-nous!
Mais si jamais du haut de ta sublime route,
Tu voyais (dans une autre humanité sans doute),
Sur un large fumier tout humide de sang,
S'élever, comme un cèdre, un crime tout-puissant,
Déracine le cèdre, et laisse en paix l'arbuste;
Cherche bien, vise bien, comète, et frappe juste!

. . . .

Qu'avec toi je voudrais vers un monde nouveau
Voyager comme Astolfe, ou comme Cyrano!
Si tu voulais me prendre, à cheval sur ta queue,
Nous irions visiter la République bleue,
Au fond du ciel, bien loin, au delà de Vénus
Et de Mars, au delà des horizons connus.
Colombs de l'infini, nous franchirons le vide,
Et nous découvrirons ensemble une Atlantide.
Céleste aventurier sur l'Océan des airs,
Avec toi de l'azur traversant les déserts,
Nous chercherons tous deux là-haut des Amériques;
Et nous habiterons des villes chimériques,
Et celle de saint Jean et celle de Platon,
Cieux chantés par Virgile et pleurés par Milton,
Tous les Eldorados des pays de magie
Et tous les Valhallas de la théologie,
Et la cité divine où jadis s'envola
L'âme des Augustin et des Campanella.
Dans le monde idéal des religions mortes,
De tous les paradis tu m'ouvriras les portes;
Et, lorsque nous serons dans le mystique lieu,

Tu me montreras tout, y compris le bon Dieu!

. . . .

N'es-tu qu'une touriste, allant de monde en monde,
Afin d'étudier chaque machine ronde,
Et ce qu'elle produit d'étranges animaux,
Et la somme des biens, et la somme des maux?
Si tu veux voir Paris, prends-moi pour cicérone;
De la porte d'Enfer à la porte du Trône,
Tu pourras, à la loupe, apercevoir un tas
De petits animaux que tu ne connais pas.
Viens! c'est là-bas, au fond de cette brume épaisse,
Que tu verras grouiller cette bizarre espèce.
Regarde les fourneaux du cuisinier Dentu!
Gargote littéraire à bouche que veux-tu,
Où des pauvres d'esprit l'estomac famélique
Se remplit chaque jour de soupe économique.
Et Périsse, c'est là surtout qu'il faut aller,
Comète, si tu veux vraiment te régaler;
C'est là que, chaque jour, avec la Providence,
Notre monde entretient une correspondance,
Et chez lui, chaque jour, en divins numéros,
Le Moniteur du ciel tombe sur ses bureaux.
Du pays d'où tu viens si tu veux des nouvelles,
Tu les trouveras là, sûres, officielles;
Chaque auteur inspiré, dans son livre ingénu,
Te parlera de Dieu, qu'il a beaucoup connu.
Tu pourras admirer les Muses pénitentes,
Discourant sur ton maître en phrases compétentes,
Ma chère, et tu seras surprise, comme moi,
De voir tous ces gens-là mieux informés que toi.
Viens voir Veuillot-Tonnant, Jupin folliculaire,
Soufflant sur la raison le vent de sa colère,
Et, terrible, au milieu d'un nuage d'encens,
Prêt à lancer sa foudre à l'hydre du bon sens,

Terrassant le démon de la science humaine,
Beau comme saint Michel au haut de sa fontaine!
Sois polie avec lui, car lorsqu'il est fâché,
C'est un Père Duchêne assez mal embouché.
Viens voir comme, au besoin, sa muse papaline
Dans un couplet galant trousse une crinoline;
Tel autrefois David de Goliath vainqueur
Daignait aussi descendre à conquérir un cœur.
Cet homme-là, vois-tu, ma belle voyageuse,
Vaut lui seul le voyage, et sa prose rageuse
T'amusera; Paris serait triste sans lui,
Et la gaîté française allait mourir d'ennui,
Mais enfin Veuillot vint. Corybante en délire,
Il a, tous les matins, le petit mot pour rire;
Mots charmants que Vadé même ne dirait pas,
Et qui feraient frémir la nuit du mardi-gras.
Regarde dans leur ciel Véron, La Guéronnière,
Havin, Guéroult, versant des torrents de lumière
Sur un sombre troupeau d'obscurs blasphémateurs.
Puis nous irons au Cirque, en quittant ces hauteurs.
Viens voir comme ici-bas maint et maint satellite
Autour de son soleil tourne dans son orbite,
Et, dans son petit coin, se contente humblement
D'exécuter à temps son petit mouvement.
Toi qui n'obéis pas à cette loi commune
Comme un simple mortel, comme une simple lune,
Dans notre monde, hélas! je ne sais vraiment quoi
Je pourrais te montrer qui fût digne de toi.
Chère étoile, entre nous, je te trouve un peu sotte
D'errer à l'aventure, ainsi que Don Quichotte.
Quand tu peux fréquenter un monde bien plus beau,
Quand tu peux visiter Saturne et son anneau,
C'est chez nous que tu viens, folle! chez nous qui sommes
Si las de notre terre et si fâchés d'être hommes!

Tu te dégoûteras bientôt du monde humain.
Je te conseillerais de passer ton chemin.
Ne peux-tu pas au moins, en partant, ma petite,
Nous laisser un bienfait pour carte de visite?
Si la terre ne peut que te faire pitié,
Fais-lui sentir au moins ta céleste amitié.
Voyons! que feras-tu? ta bénigne influence
Va-t-elle de vertus ensemencer la France?
Feras-tu respecter religieusement
Aux femmes leur amour, aux hommes leur serment?
N'as-tu que du mépris pour notre taupinière?
Eh bien! je te demande une grâce dernière :
Secoue, en t'en allant, ta crinière de feu.
Ici, nous avons froid; réchauffe-nous un peu.
Fais sur chacun de nous pleuvoir une parcelle
De ta flamme divine; oh! rien qu'une étincelle,
Qui, tombant sur la cendre épaisse de nos cœurs,
Rallume le foyer des sublimes ardeurs!
Mais quoi! tu pars déjà, me prétextant, sans doute,
Quelque ordre de Newton sur ta feuille de route;
Mais n'es-tu donc errante et libre qu'à demi?
J'ai besoin de toi; reste!

LA COMETE.

—Adieu! mon pauvre ami.

—Tu me fuis ainsi, moi, qui t'appelle et qui t'aime!
Retourne donc au fond de ta grande Bohême,
Exécrable sorcière, affreuse gitana;
Cours vite te cacher dans un vieil almanach!
Je maudis les rayons de ta face impudente,
Ta guenille de flamme et ta perruque ardente;
Va, comète sans cœur, va, monstre aérien,
Traîner ta queue ailleurs, car tu n'es bonne à rien!

IV

LA LITTÉRATURE SOUS L'EMPIRE.

O muse! que fais-tu, durant ces jours maudits,
Pauvre vierge, égarée au milieu des bandits;
Est-il temps de rimer l'amour en odelettes,
Et de courir aux champs cueillir des pâquerettes?
Vas-tu, les pieds noyés dans la boue et le sang,
T'égayer aux fredons d'un refrain innocent?
Ne peux-tu retrouver, ô muse populaire,
Sur ta lyre d'airain des notes de colère,
Et sonner de nouveau sur ce peuple endormi
Le tocsin de Barbier ou de Barthélemy?
Crois-moi, laisse Gautier ruminer des cantates,
Laisse les courtisans marcher à quatre pattes,
Laisse sur leur perchoir et dans leurs poulaillers
S'égosiller le chœur des oiseaux familiers.
Regarde agonisant dans leur décrépitude
Ceux qu'effraie une voix indépendante et rude,
Les Camille Doucet, les Méry, les Ponsard,
Et n'espère plus rien des transfuges de l'art. —
Pour réparer l'honneur français qui se dégrade,
Jette un rayon d'Hugo dans l'âme d'un Laprade!
En France il est encor de ces cœurs généreux,
Tout enfiélés de haine et consumés de feux,
Qui détestent César et que César déteste,
Qui se conservent sains au milieu de la peste,
Et qui sentent en eux gronder un d'Aubigné,
Aussitôt que le cœur de la France a saigné.

Le pire des états, c'est l'état militaire;
Crise des nations, mortelle ou salutaire,
Mais terrible toujours, un pareil traitement
Epuise, et le malade en revient rarement :
Le lion râle et meurt, la patte dans le piége;
L'état impérial est un état de siége;
Les pouvoirs réguliers demeurent suspendus;
L'esprit surtout, l'esprit fuit les peuples vendus:
Il se cache, ou proteste au dehors. La Censure
Donne aujourd'hui le ton et marque la mesure
A tous, comme le chef d'orchestre au Luxembourg;
Chacun règle à sa voix son fifre ou son tambour;
Chaque matin la classe écrit une dictée,
Et la littérature est enrégimentée.
Jamais on n'avait vu moins de talents autour
D'un souverain, jamais une plus pauvre cour,
Et jamais on n'a vu plus éclatant divorce
De l'esprit indigné répudiant la force :
Troplong, Billault, Granier, Dumas et Leverrier,
Baroche et Sainte-Beuve, About avec Augier,
Sont les seuls ornements de cette bande honnête.
Si vous en trouvez dix, je vous donne la tête
Du dixième : ce sont les neuf Muses d'Etat,
Tous les jours au palais dansant leur entrechat;
Pauvres gens dont l'esprit s'éteint, dont le génie
Expire asphyxié par leur ignominie;
Ils sont là, ces lépreux et ces pestiférés,
Cherchant toujours à fuir leurs lazarets dorés;
Mais partout autour d'eux une main salutaire
Oppose à leur sortie un cordon sanitaire.
Pour eux plus de refuge : un public irrité
Les condamne à l'empire à perpétuité,
Et traînant derrière eux la honte de leur maître,
Derrière eux ils verront le châtiment paraître.

Ils ont beau prononcer le mot de liberté,
Afin d'exorciser l'impopularité,
Ils portent sur le front la tache indélébile,
Et leur vue a suffi pour allumer la bile
De ceux qu'auparavant rien n'avait pu fâcher.
« Car pourquoi ces gens-là viennent-ils nous chercher?
« Disait-on; après tout, nous dormons, et nous sommes
« De bons bourgeois, c'est vrai, mais nous sommes des hommes
« En même temps. Qui sont ces auteurs clandestins?
« Que dans la nuit l'Empire achève ses destins!
« Puisque nous voulons bien oublier cette chose,
« Puisque nous attendons notre heure; mais qu'il ose
« Se montrer; non! il est des gens, en certains cas,
« Qu'on laisse vivre, mais... qu'on ne fréquente pas.
« Donc à bas les auteurs de cour et d'antichambre!
« Donc s'il est un seul lieu, depuis le Deux-Décembre,
« Où l'on puisse parler encor, nous parlerons!
« Nous parlerons d'abord, ensuite... nous verrons! »
A leur approche ainsi tout s'arme, tout fait rage,
Et le ciel le plus calme est un ciel noir d'orage;
La Sorbonne a des cris, l'Odéon des sifflets,
Et la main la plus douce est pleine de soufflets.
Nisard s'enfuit; Renan s'enfuit; vers d'autres terres
Gaëtana montra la route aux volontaires.
Tous ces petits aiglons, avec des cris aigus,
Rentrèrent dans leur cage, et l'on n'en parla plus.
En vain, pour déguiser quelque nouvelle frasque,
Najac prête un faux nez, et Séjour prête un masque.
Le public n'aime pas les auteurs policiers :
Il les poursuit partout de sifflets justiciers.
O Ronsard! de ton temps on disait la Pléiade :
Il faudra que, du nôtre, on dise la Brigade,
Dont la gloire commence, hélas! on ne sait où,
Et finit à Mocquart, en passant par Sardou.

V

LE CRIME DE BONAPARTE.

De ses crimes, le plus détestable, celui
Que les peuples croyaient impossible aujourd'hui,
Qu'on a vu seulement une fois depuis Rome,
Qu'on doit le plus maudire, et qui fait de cet homme
Le fléau de la France et le remords de Dieu,
Celui qui peut à l'oncle égaler le neveu,
N'est point d'avoir, afin de régner sans encombre,
Egorgé dans Paris des victimes sans nombre,
Eloigné, transporté, proscrit, emprisonné,
Interné, fusillé, noyé, guillotiné,
Fait partout des martyrs, des orphelins, des veuves,
Dans l'art d'assassiner trouvé des formes neuves :
Les duels, sans témoins, dans sa propre maison,
Les philtres furieux qui troublent la raison ;
Massacré les enfants, les vieillards et les femmes,
Et chargeant Saint-Arnaud de ses ordres infâmes,
D'avoir, tranquillement, dit, dans son cabinet,
« Qu'il brûlerait Paris si Paris le gênait ; »
Ni de t'avoir enfin trahie et violée,
Trop clémente Patrie, et sous ses pieds foulée,
Avec toutes les lois dont tu l'avais lié ;
— Et c'est ta honte, à toi, de l'avoir oublié ; —
Ce n'était pas assez, France qu'il déshonore,
De tous ces attentats ; il a fait plus encore :
Ces crimes sont affreux, il en est un plus grand ;
Il les a couronnés par un forfait géant ;
O France ! Il a voulu, méprisant ta vengeance,

Etouffer ton bon sens et ton intelligence;
Il a voulu, d'un coup de son autorité,
Tuer ta conscience et ton honnêteté.
Pour que son coup d'Etat s'innocente et s'explique,
Il a décembrisé la morale publique,
Epaissi l'ignorance et propagé l'erreur,
Par la ruse achevé l'œuvre de la terreur,
Semé dans les esprits la graine de ses crimes,
Puis hypocritement consulté ses victimes :
Le magistrat, le prêtre, ont répondu : C'est bien.
Voilà son crime, ô France!—Il est aussi le tien.

VI

LA RELIGION SOUS L'EMPIRE.

Je ne sais quelle loi mystérieuse, étrange,
Des choses d'ici-bas combine le mélange;
Par quelle attraction et par quel concordat
On voit toujours unis le prêtre et le soldat,
Et la Force et sa sœur jumelle, l'Ignorance,
Ensemble conspirant la commune souffrance,
Et la tache de sang des usurpations
Couverte par le flot des bénédictions;
Toujours les *Te Deum* sanctifiant les crimes,
Et toujours les Sibours maudissant les victimes,
Forçant la Providence à se mettre avec eux,
Et, pour servir les rois, encanaillant les dieux;
Des attentats heureux la piété complice,
Et la religion d'accord avec le vice;
Toute infamie enfin et toute abjection

En quête d'indulgence et d'absolution,
Tout droit, comme au marché, s'en allant à l'Eglise;
Et trouvant un vendeur de cette marchandise,
Un vieux simoniaque, industriel du lieu,
Usurier de pardons, prostitueur de Dieu,
Receleur de péchés, entremetteur des âmes,
Escroc tenant boutique ouverte aux vieilles femmes
De céleste denrée et d'élixir divin,
Plus fourbe que Veuillot et plus bête qu'Havin,
Esclave sans rougir, comédien sans rire,
Un prêtre enfin, toujours docile et prêt à dire
Au scélérat puissant qui double ses profits :
« C'est bien; péchez toujours; allez en paix, mon fils.»

. . . .

Que de fois on a vu le brigand de la Pouille
L'assassin, le voleur, qui tue et qui dépouille,
Aux pieds de saint Janvier, avec dévotion,
Le prier de bénir sa spéculation!
Et que de fois on vit la Vénus mercenaire,
Aux pieds de la Madone, au fond du Transtévère,
Prier pieusement la Vierge de secours
De faire prospérer son commerce d'amours!
Et tous les criminels enfin, tous les infâmes,
Croyant qu'une oraison peut lessiver les âmes,
Les uns souillés de boue et les autres de sang,
Embaucher avec eux quelque saint innocent!
Aussi, fille ou bandit, César ou Madeleine,
Quel que soit le client, l'Église est toujours pleine:
Bonaparte de Rome achète les faveurs,
Et la Mathilde vient d'entrer aux Sept-Douleurs!

VII

OPINION DE BONAPARTE SUR LE GOUVERNEMENT.

Supprimons, dit César, en ses conseils obliques,
Tout ce qui reste encor des libertés publiques;
Ecartons hardiment, du pied ou de la main,
L'obstacle de la loi qui barre le chemin ;
Dans la toute-puissance il faut entrer d'emblée ;
L'Assemblée a dit : Non ; supprimons l'Assemblée ;
Un grand prince arrivant avec de grands projets,
Doit savoir au besoin supprimer ses sujets.
Oui, je sens que du Ciel la volonté bénie
De la suppression m'a donné le génie.
Supprimer, c'est régner. J'admire ce Romain
Qui voulait supprimer d'un coup le genre humain...
Je veux, cela fera ma renommée immense,
Je veux dans ce pays, ce beau pays de France,
Que mon oncle et que moi nous avons tant aimé,
Qu'il ne reste plus rien, que tout soit supprimé.
Je serai grand pontife et révérendissime,
Je serai général et généralissime ;
De tous les intérêts unique protecteur,
Je serai le grand juge et le grand électeur.
Je donnerai des jeux au peuple qui s'ennuie,
Je ferai le beau temps et je ferai la pluie ;
On ne verra debout, survivant à la loi,
Qu'un seul pouvoir, le mien, et qu'un seul homme, moi!
Supprimons les journaux, supprimons les tribunes,
D'où sortent tous les jours mille voix importunes,

Et par ruse, et par force, et par tous les moyens,
Supprimons les cités avec leurs citoyens !
Supprimons à jamais le mal avec la cause,
L'auteur avec le livre, et l'homme avec la chose ;
Dans le vieux lit creusé par les réactions
Faisons rentrer le flot des révolutions ;
Et d'esprit clérical et d'esprit militaire,
De la Chine au Mexique, enténébrons la terre :
Eteignons tout ; je veux, si l'on me pousse un peu,
Eteindre le soleil dans la main du bon Dieu !

VIII

PLUS HEUREUX QU'UN ROI.

Le sultan d'Occident, le puissant empereur
Est le plus malheureux de l'empire : il a peur !
Il a peur dans la rue, il a peur au théâtre,
Il a peur de son ombre et de son buste en plâtre :
Le buste est une bombe, et l'ombre a des projets.
Ses sujets qu'il sauva, ses bien-aimés sujets,
Il n'ose, au milieu d'eux, faire un pas sans Boitelle.
Au bal, parmi des flots de gaze et de dentelle,
Sous son manteau de pourpre, orné de mouches d'or,
Il marche cuirassé comme le Monitor.
Toute clarté le gêne et tout bruit l'importune ;
Son aigle est un hibou, son soleil est la lune.
Il aime la nuit close et les volets fermés :
Taisons-nous, couchons-nous ; Parisiens, dormez !
L'empire c'est la paix, et la mort c'est la vie ;
Le plus bel ordre, c'est l'ordre de Varsovie,

L'ordre du cimetière ; il faut que, dans Paris,
On entende, en plein jour, trotter une souris ;
Au moindre mouvement, comme au moindre murmure,
Il tremble, tout l'effraie : un livre, une brochure,
Un chant de *Charles six*, un mot du *Figaro*,
Un gamin qui s'amuse à casser un carreau.
Il craint son cuisinier, sa femme et sa maîtresse,
Un merle qui le siffle, un chien qui le caresse,
Et l'ombre d'un roseau par un souffle battu :
Il craint la vérité surtout et la vertu.
Il voit avec terreur, comme un vaisseau qui sombre,
La haine autour de lui monter, comme un flot sombre.
Le châtiment le suit, sans trève ni pardon,
Comme dans le tableau lugubre de Prudhon ;
Il voit parfois, dans l'ombre, un spectre qui le guette,
Et lui montre du doigt les murs de la Roquette !
Certes, pour se défendre, il a des arsenaux,
Des sabres, des canons rayés, et des journaux
Prêchant la servitude à des âmes malsaines ;
Il a Magnan, il a Guéroult, il a Vincennes ;
Nul ne fut plus haï, nul ne fut mieux gardé,
Et chacun est ici mouchard ou mouchardé.
Pour fuir, il a l'égout, chemin du jour suprême,
Que, dans sa prévoyance, il a creusé lui-même,
L'égout, voûte discrète aux condamnés errants,
Dernier arc de triomphe où passent les tyrans,
Où tombe, avec un flot d'autres choses perdues,
Le grand écoulement des majestés fondues,—
Lorsque Paris s'avise, aux jours de propreté,
De passer le balai sur une royauté.
En attendant, il a sa bonne préfecture,
Et son inquisiteur de la littérature ;
Il a des sénateurs grassement appointés,
Et des représentants du peuple, assermentés ;

Il a des tribunaux qui jugent, portes closes ;
Mais il ne fuira pas la justice des choses,
Mais il ne fuira pas le glaive intérieur
Qu'une invisible main retourne dans son cœur.
Son règne est un sursis, et sa vie une trève
A l'expiation qui lentement s'achève.
Trente fois la clémence ironique du sort
Interrompt son supplice et détaille sa mort ;
Chaque jour son forfait sur lui se répercute,
Son attentat sur lui revient et l'exécute.
Avant de le coucher sous l'infâme poteau,
La vengeance est venue essayer son couteau.
Haletant d'épouvante, il plonge, à chaque alerte,
Un regard effaré dans sa tombe entr'ouverte ;
Torture de quinze ans qu'il lui fallut souffrir,
Entre l'horreur de vivre et la peur de mourir ;
Et de tous des degrés de l'échafaud de honte,
Il sait que maintenant c'est le dernier qu'il monte,
Que, depuis que César par Brutus fut puni,
Toujours un Bonaparte enfante un Orsini.
Il a de Charles neuf le rêve, et dans sa chambre,
Il voit monter les flots de sang du Deux-Décembre ;
Son lit, comme un vaisseau par le vent démâté,
Flotte en détresse au gré de ce flot irrité ;
Il n'ose remuer, il est perdu, s'il bouge,
Et s'il demeure ; il voit l'onde fumante et rouge
Qui monte et le submerge : en vain il a crié ;
L'abîme seul répond : l'Empereur est noyé !

IX

LA PROPRIÉTÉ SOUS L'EMPIRE.

Le droit n'est rien, la force est tout, avec la ruse ;
La bourgeoisie a peur, le peuple est une buse ;
Donc, pourquoi se gêner ? le tout est de savoir
Si vous êtes ou non les amis du pouvoir ;
Moyennant quoi, prenez, pillez, videz les poches,
Et sur les grands chemins dévalisez les coches :
Depuis Sparte, on ne vit jamais des temps meilleurs,
Et le gouvernement décore les voleurs.
A l'œuvre donc ! c'est l'heure, et votre capitaine
A donné le signal, et la ville et la plaine
Sont à vous ; mais il faut qu'on soit ingénieux ;
Solar travaille bien, Mirès travaille mieux,
Trop bien même peut-être, et la raison demande
Que l'on perde un bandit pour sauver une bande.
On en perdit plusieurs, la débâcle engloba
Rougemont, Siméon, Panis et Pontalba.
Heureux ceux dont la mort interrompit la honte !

. . . .

Fould et Magne ! voilà ceux dont la gloire monte,
Les vrais maîtres de l'art ! leurs travaux sérieux
Sont décemment vêtus de noms mystérieux :
Budget, dotation, mesure politique,
Ou décime de guerre, ou don patriotique ;
On impose, on emprunte, on quête, et le troupeau
Sort de leurs mains tondu tout au ras de la peau.
La France est un pays conquis par une fraude
Et le chef de l'Etat n'est qu'un chef de maraude ;

Et comme un bon sujet doit imiter son roi,
On prend un peu partout, on prend n'importe quoi.
Migeon prend un ruban, et Pamard un diplôme,
Morny des millions, et Murat un royaume ;
Haussmann, une maison, une rue, un quartier,
Bon an mal an, selon que marche le métier.
La Guéronnière prend seulement quelques sommes
Sur l'argent qu'il reçoit pour acheter des hommes.
Montauban prend la bourse ou la vie aux agas,
Et le frère Ange prend les petits Mortaras.
Le policier Maigret, plein d'une douce flamme,
Emprisonne un mari, pour lui prendre sa femme.

. . . .

On force la serrure et l'on brise le scel
Du coffre qui contient le vote universel.
Politique faussaire et candidat nocturne,
Dabeaux, comme une caisse, emporte et fouille une urne ;
Dans la poche des gens on prend leur bulletin :
On appelle cela « dépouiller le scrutin ; »
On appelle cela « suprême indépendance ; »
« Volonté du pays » et de la « Providence ! »
On prend la voix du peuple, on prend la voix de Dieu,
Qui, voyant leur audace et les craignant un peu,
En vain se cache au fond de sa grande Nature :
Un habile filou lui prend sa signature !

. . . .

Du vieux Cabinet Noir les continuateurs
Pillent la malle-poste et volent les facteurs.
Gicquel, grâce au prélat qu'il a rendu célèbre,
Vole, de son vivant, une oraison funèbre.
Le fidèle, le bon, l'honnête Fialin
Savonne sa roture et son nom de vilain
Et prend des parchemins ; et Fleury prend des femmes
Pour son maître, et Guéroult lui raccroche des âmes.

On prend, dans ce pays, de l'un à l'autre bout;
L'un beaucoup, l'autre un peu : Bonaparte prend tout!

X

UNE INSTITUTION IMPÉRIALE.

Il est doux de régner, le mal est que la France
Depuis longtemps, hélas! est un pays qui pense.
Allons! que la Folie agite ses grelots!
Vite, fermons les clubs, ouvrons les caboulots!
La Nature n'est pas complice de l'empire,
Elle fait la jeunesse ardente qui conspire :
Supprimons la jeunesse; un chef-d'œuvre de l'art
Serait de transformer le jeune homme en vieillard.
Dans le vin, la débauche ignoble et la crapule
Du dernier patriote étouffons le scrupule.
Ah! France de Voltaire, ah! France de Danton,
Tu veux penser, marcher. Rampe sous le bâton!
Baise donc les deux pieds des mouchards, vile pègre!
Qui peut subir Soulouque est, sans doute, un bon nègre.
N'aimez rien, ne croyez rien, ne songez à rien,
N'ayez ni cœur ni tête, alors tout sera bien.
Que chacun soit enfin, pour contenter le maître,
Libre... comme un soldat, et savant... comme un prêtre;
Et le peuple français, ce mauvais garnement,
Emboîtera le pas comme un seul régiment;
Et l'Athènes moderne, alors, Paris lui-même,
Sera Pantin, chef-lieu de la grande Bohême,
Et nous aurons atteint le comble du succès
Et le couronnement de l'Empire français!

XI

LA LIBERTÉ EXPORTÉE EN ITALIE PAR L'EMPIRE FRANÇAIS.

O France autrefois libre, autrefois citoyenne,
Tu suis ton maître, hélas! partout comme une chienne;
Sans honte du collier qui te serre le cou,
Et léchant ses talons, tu vas, sans savoir où.
En chasse! dès qu'il veut qu'on morde ou qu'on aboie,
La Chine est un gibier, le Mexique une proie,
Rome enfin, d'où pourrait, suivant les temps, venir
Mastaï pour sacrer, Orsini pour punir,
Rome attend son salut de celui qui l'opprime,
Et croit que son bienfait peut sortir de son crime;
Nul ne sait s'il t'emmène au milieu des Romains
Pour leur manger le cœur ou leur baiser les mains :
Contentons Mazzini sans fâcher le Saint-Père,
Le peuple est un volcan, l'Eglise est un repaire,
Veillons des deux côtés, et sachons avec art
Parer également la bombe et le poignard.
Prenons Venise, ou bien... ma foi! prenons la fuite!
Et laissez-moi tranquille avec votre limite!
L'Italie après tout sera libre jusqu'à...
L'Adriatique... ou bien jusqu'à Villafranca;
Qu'importe? franchement ces vainqueurs de Varèse
Parlent de liberté beaucoup trop à leur aise;
Quand on est empereur, on l'entend autrement,
Et l'on signe un traité comme on prête un serment.
Vite confédérons tous les principicules,
Duchés, archiduchés, royaumes minuscules,

Restaurons, replâtrons, rebouchons tout cela,
La Révolution pourrait passer par là!
Au fond de son tombeau, recouchons cette morte,
Et donnons au Saint-Père une clef de la porte;
Le bonhomme sera si content qu'il oindra
Le Diable, l'empereur et tout ce qu'on voudra.
Occupons! occupons! n'est-il pas juste, en somme,
Quand Rome est à Paris, que Paris soit à Rome?

. . . .

Et ces soldats français qu'on voyait autrefois
Chanter la *Marseillaise* aux oreilles des rois,
Du Nord au Sud allant briser le joug antique,
Et mourir en criant : Vive la République!
Que l'Europe voyait comme un éclair passer...
Ils allaient à la gloire, ils vont se confesser;
Soldats-bedeaux, on voit leur drapeau catholique
S'incliner en passant devant une relique;
Ils défendent, au nom d'un mensonge de foi,
L'ombre d'un pape auprès d'un fantôme de roi!
Aux ordres de Mérode et du Sacré-Collége,
Ces Français ne sont plus que suisses du Saint-Siége,
Je dis suisses d'église et montant gravement
La garde, autour d'un prêtre et d'un saint-sacrement.

. . . .

Et tu vois tout cela, France, et tu laisses faire!
Et Cavour temporise et Ratazzi diffère,
Et Pallavicini prend au piége un héros,
Et Guéroult parle au Rhin du ton de Despréaux,
Et Drouyn voit tomber, sans que son œil se mouille,
L'Empereur en enfance et l'Empire en quenouille,
Et Forey promenant les aigles sur les eaux
Espère leur trouver des Astèques nouveaux!
La tyrannie est ivre et fait mille folies,
Elle imagine enfin des choses si jolies

Que Persigny lui-même a failli se fâcher !
Et toi, France, tu vois tout cela sans broncher ;
Tu regardes passer, sur la terre et sur l'onde,
La Saint-Barthélemy des libertés du monde,
Et parais ignorer ce qui se fait là-haut,
Comme un factionnaire au pied d'un échafaud !

XII

L'IMPOT DU SANG SOUS L'EMPIRE.

Ce que coûte un empire, on le sait aujourd'hui,
Car un prince, et surtout un prince comme Lui,
Ce n'est pas seulement le vol et la curée,
Et la bourse du riche et du pauvre éventrée ;
C'est la veine du peuple ouverte, c'est le sang
De la France, que boit un vampire puissant ;
Il a soif en Crimée, il a soif au Mexique
De sang européen, ou bien de sang cacique ;
Il lui faut de la gloire, il lui faut des lauriers,
Cyprès de la victoire éclos sur des charniers !
Heureux, quand le régal césarien s'apprête,
S'il ne fallait, par jour, à l'ogre qu'une tête !
Mais il tue au dedans, comme il tue au dehors,
Un peu partout ; il faut pour remplir jusqu'aux bords
Cette coupe sanglante où s'abreuve sa lèvre,
A Lyon la famine, à Vera-Cruz la fièvre,
A Paris la misère, et la grève à Rouen ;
Il faut la mort des deux côtés de l'Océan,
Les cimetières pleins, les casemates pleines,
Il faut l'Afrique, il faut Mazas, il faut Cayennes.

Le cadavre d'un monde alimente un seul corps,
Un prince monstrueux vit de toutes ces morts.

XIII

PARALLELE.

Je ne sais pas pourquoi Jud fuit au fond des bois :
Il ne doit pas déplaire à Napoléon-trois ;
Il est disciple, il est compère, il est complice :
L'un a tué le juge, et l'autre la justice ;
On peut s'entendre ; au Prince il tient par un côté,
C'est un rameau sanglant de l'arbre ensanglanté ;
Il est de la famille et de la dynastie ;
Tous deux ont travaillé dans la même partie ;
Ils sont tous deux voleurs et meurtriers tous deux ;
L'un n'est qu'un empereur, et l'autre n'est qu'un gueux.
Si le sort a voulu que l'un poursuivît l'autre,
Le jugement du sort ne sera pas le nôtre.
Pauvre Justice humaine, hélas ! après Platon,
Après Socrate, après Jésus, après Caton,
Après les saints qu'on tue et ceux qu'on déifie,
Après tous les martyrs de la philosophie,
Malgré tant de science et malgré tant d'amour,
Tu n'en sais donc pas plus encor qu'au premier jour !
Ta sagesse est folie, et ton savoir est doute,
Et tu vas devant toi, sotte, n'y voyant goutte,
Sinistre vagabonde, étendant tes deux mains
A tâtons, dans la nuit qui couvre tes chemins ;
T'en reposant toujours sur un dieu d'aventure,
Et sur un supplément de justice future ;

N'ayant pas même l'air de soupçonner ceci :
Qu'un César couronné n'est qu'un Jud réussi ;
En face du succès laissant tomber ton glaive,
Conduisant Bonaparte au trône, et Jud en Grève.

XIV

LES BONS SENTIMENTS DE L'ARCHEVÊQUE DE PARIS.

L'archevêque Morlot mourant dit à son maître :
« *Sire, je suis heureux de m'en aller.* » Ce prêtre,
Ce vieil écho fêlé de catholicité,
Une fois dans sa vie, a dit la vérité.
Heureux ceux qui s'en vont! par quel chemin, n'importe!
Le prisonnier qui fuit ne choisit pas la porte ;
Or, la France n'est plus qu'une infecte prison ;
Sortons donc à tout prix de l'horrible maison!
A l'honneur du pays quand il me faut survivre,
Je ne regarde pas la main qui me délivre ;
Si du sépulcre-empire on sort par le tombeau,
Ce côté de la mort doit être le plus beau.
Quand un peuple est couché dans son ignominie,
Tous les maux sont des biens contre la tyrannie.
A moi la Peste! à moi la Guerre! à moi la Faim!
Ah! vous êtes mes sœurs, si vous êtes la fin.
Oui, je voudrais te fuir, France, maudite terre,
En Belgique, en Piémont, en Suisse, en Angleterre,
En Amérique, loin de la loi du plus fort,
Partout où l'homme est libre, et jusque dans la mort.
Ce lieu n'est plus tenable, et le dieu le plus bête
A, certe, un paradis moins triste et plus honnête ;

Un ange qui dit : Gloire à Dieu sur les hauteurs!
Est bien moins ennuyeux que nos vingt *Moniteurs* ;
Et quatre-vingts vieillards qui chantent sur la harpe
Ne semblent pas plus sots que nos gens en écharpe.
Quant à l'enfer, le plus méchant de tous les dieux
N'en saurait avoir un qui fonctionne mieux ;
Et je ne conçois pas, en quittant cet empire,
Où l'on pourrait trouver une demeure pire.
Car il vaut mieux cent fois, pour un bon citoyen,
Etre cuit, comme un veau, qu'enchaîné, comme un chien ;
Baiser l'ergot d'un diable, au bord d'une chaudière,
Que la botte d'un prince, au château de Ferrière ;
Mieux vaut rôtir au feu de Satan, roi des rois,
Que pourrir au fumier de Napoléon-trois.
Supplice de la mort, supplice de la vie,
Le meilleur est encor celui qui purifie.
Priez donc, bonnes gens, pour ce bonze chrétien,
Qui vécut soixante ans très-mal, et mourut bien.
Deux fois esclave, étant bonapartiste et prêtre,
Le pauvre homme sourit voyant la mort paraître.
La douce mort! pour lui c'était la liberté
Brisant le double joug qu'il avait accepté ;
Il couvrit de baisers les mains de la déesse.
Plaignant l'Eglise en joie, et l'empire en liesse,
Il retrouva son âme au seuil du monument,
Et son dernier mot fut son meilleur mandement.

Paris, 17 janvier 1863.

XV

LE LION DU QUARTIER LATIN.

AIR de *Mimi Pinson*

Non, la jeunesse n'est pas morte!
Dans sa colère, elle a surgi;
Que César garde bien sa porte :
Le jeune lion a rugi!
Vous riez, parce qu'il sommeille,
Prenez garde qu'un beau matin
Il ne s'éveille!
Il ne dort que sur une oreille,
Le lion du quartier latin.

L'étudiant, c'est l'avant-garde
Qui conduit au feu l'ouvrier;
Il n'a pas perdu la cocarde
De Juillet et de Février.
Darcole, Vanneau, noble race,
Qui combattiez d'un bras certain
Les rois en face.
Il bondira sur votre trace,
Le lion du quartier latin.

Dans la nuit qui te couvre, ô France,
Il cherche à tâtons l'ennemi;
Nuit de quatorze ans, nuit immense!
Pardonne-lui d'avoir dormi;
Mais vois, à la première aurore,

Comme, fidèle à ton destin,
Il flaire encore
Celui que tu veux qu'il dévore,
Le lion du quartier latin.

Riboteurs de la grande orgie,
Au fond du bouge impérial,
Le jour fait pâlir la bougie
De votre nuit de carnaval.
L'aigle a la mine effarouchée;
Il prendra cet aigle hautain
Et sa nichée,
Et n'en fera qu'une bouchée,
Le lion du quartier latin.

Si jamais cette gent aiglonne
Jusque chez nous vient nous braver,
A l'Odéon, à la Sorbonne,
Si leur cynisme vient baver,
Le vieux Nisard, qui moralise,
Le jeune About, ce calotin
De votre Eglise,
Verront s'il faut qu'on le méprise,
Le lion du quartier latin.

Las de vos trompeuses paroles,
Le Peuple, au *Moniteur* qui ment,
Jette par la voix des Ecoles
Un troisième avertissement.
Désabusé de votre frime,
Il montera sur l'Aventin,
Lui qu'on opprime,
Et lâchera sur votre crime
Le lion du quartier latin.

Pauvre lion, cinq rois, à peine,
Qu'en ce siècle il a dévorés,
(Court régal pour sa longue haine),
Sont depuis longtemps digérés.
Il est temps qu'il meure ou qu'il parte
Celui qui du dernier festin
Paira la carte.
Il veut manger du Bonaparte,
Le lion du quartier latin !

XVI

LA DÉMISSION DE JÉSUS-CHRIST.

Les dieux s'en vont, l'homme devient moins bête :
Que j'en ai vu mourir de pauvres dieux !
Des survivants je suis le plus honnête,
Et c'est à moi de sortir avant eux.
Mais je suis trois : c'est ce qui m'embarrasse ;
Allons-nous-en ! *Pater et Spiritus.*
Depuis longtemps le nom de Dieu m'agace ;
Non, non, je n'en veux plus.

Pauvres enfants que mon Eglise enchaîne,
J'avais pour vous rêvé la liberté ;
Je ne veux plus mériter votre haine,
Je me démets de ma divinité.
L'Eglise n'est qu'une vieille carcasse,
Grouillante encor de prêtres vermoulus.
Depuis longtemps le nom de Dieu m'agace ;
Non, non, je n'en veux plus.

Tristes esprits qui battez la campagne,
Qui vous pressait de me changer en Dieu?
Vous ai-je dit cela sur la montagne?
Je ne voulais qu'être un honnête Hébreu.
Je ne suis pas un marchand : je les chasse;
Je ne sais pas vendre des orémus.
Depuis longtemps le nom de Dieu m'agace;
Non, non, je n'en veux plus.

J'étais pourtant un bon petit prophète
Catéchisant sa petite cité.
J'aimais le peuple, et mon âme était faite
De dévoûment et de fraternité.
Hommes de sang, et de boue, et de crasse,
Qu'avez-vous fait du pauvre enfant Jésus?
Depuis longtemps le nom de Dieu m'agace;
Non, non, je n'en veux plus.

J'avais au bien consacré ma parole,
J'étais un homme, un homme, entendez-vous?
Grotesquement coiffé d'une auréole,
Je ne suis plus qu'un bon dieu de trois sous.
On m'aimerait, on me rit à la face,
J'étais Platon, et je suis... Dominus.
Depuis longtemps le nom de Dieu m'agace;
Non, non, je n'en veux plus.

On vend, on vole, on tue, on martyrise
Au nom du dieu d'espérance et d'amour,
Et l'on se dit fils aîné de l'Eglise!
Et l'on se fait ensencer par Sibour!
Peuple, on te dit qu'on règne par ma grâce,
Et par toi, peuple, ils se disent élus.
Depuis longtemps, le nom de Dieu m'agace;
Non, non, je n'en veux plus.

J'ai vu César Borgia, Dominique,
J'ai vu beaucoup de crimes *sous* mon nom,
J'ai *vu* sur moi la honte catholique,
Mais les forfaits de Bonaparte..... non !
Si dieu qu'on soit, à la fin, on se lasse ;
Qu'il cherche ailleurs des dieux plus résolus.
Depuis longtemps le nom de Dieu m'agace ;
Non, non, je n'en veux plus.

Ce gaillard-là cite la Providence
A tout propos, dans chaque bulletin.
Elle rougit d'une telle impudence
Et ne veut pas paraître une catin ;
Elle a l'œil cave et la gorge mollasse,
Mais il lui faut *des amants* moins perclus.
Depuis longtemps le nom de Dieu m'agace ;
Non, non, je n'en veux plus.

Quand on est dieu, je ne crois pas qu'il faille
Servir ainsi toutes sortes de gens ;
Je n'aime pas que le ciel s'encanaille ;
Papes et rois sont très-compromettants :
C'est trop mêlé. Saint Pierre est si bonnasse,
Qu'il laisse entrer chez moi tous ces intrus.
Depuis longtemps le nom de Dieu m'agace ;
Non, non, je n'en veux plus.

Combien de fois, au palais de justice,
J'aurais voulu descendre de ma croix !
Combien de fois, du fond de mon calice,
Où le curé me prend entre deux doigts,
J'aurais voulu m'envoler dans l'espace,
Pour ne pas voir les monstres que j'ai vus !
Depuis longtemps le nom de Dieu m'agace ;
Non, non, je n'en veux plus.

Je hais la nuit, moi qui suis la lumière ;
Je hais le sang, moi qui suis la douceur.
Oh! si j'avais, comme on croit, le tonnerre,
J'en frapperais le pape et l'empereur ;
Mais si c'est moi qui leur sers de cuirasse,
Je me retire et les laisse tout nus.
Depuis longtemps le nom de Dieu m'agace ;
Non, non, je n'en veux plus.

Au diable soit hostie et viatique,
Chapelle ardente et calvaire sanglant,
Chaire, lutrin, et toute la boutique,
Croix et bannière, et tout le bataclan !
Fuyez, porteurs de mître et de besace,
Curés paillards et chanoines ventrus.
Depuis longtemps le nom de Dieu m'agace ;
Non, non, je n'en veux plus.

Oui, je suis las du ciel et de la terre,
Las d'être dieu, dégoûté d'être roi,
Las de mes saints, et las de mon vicaire,
Le Juif-Errant n'est pas si las que moi !
Il faut qu'enfin divinité se passe,
Bedeaux, sonnez *mon* dernier angelus !
Depuis longtemps le nom de Dieu m'agace ;
Non, non, je n'en veux plus.

Pardonnez-moi, Socrate, Anaxagore ;
Je fus jadis un sage comme vous ;
Le même amour des hommes me dévore,
Pardonnez-moi ! Voltaire, embrassons-nous !
Embrassons-nous ! Je suis de votre race,
Caïphe était neveu de Mélitus.
Depuis longtemps le nom de Dieu m'agace ;
Non, non, je n'en veux plus.

L'humanité sort de sa longue enfance
Et touche enfin à l'âge sérieux;
Je vois d'ici la république immense
Couvrir la terre et monter jusqu'aux cieux.
Capets du ciel, son glaive vous menace;
Césars du ciel, tremblez, voici Brutus!
Depuis longtemps le nom de Dieu m'agace;
Non, non, je n'en veux plus.

XVII

Je te vénère, ô France, et je t'aime, ô patrie!
Oui, je vénère encor ta majesté flétrie.
France adultère, j'ai pour toi l'amour jaloux
Qui torture le cœur du véritable époux.
Je crois en toi, j'ai foi dans ton puissant génie,
Et je t'embrasse encor dans ton ignominie.
Je t'embrasse en pleurant; puissé-je sur ton front
Verser assez de pleurs pour laver ton affront!
Je brave le danger; l'horreur, je la surmonte,
Pour te chercher encor jusqu'au fond de ta honte.
Non, je n'imite pas ces gens de peu de foi,
O France, qui déjà désespèrent de toi,
Et des Césars français craignant la descendance,
Parlent de bas-empire ou bien de décadence.
Cet empire n'est pas un empire romain.
Il fait nuit maintenant; il fera jour demain.
Je sens battre ton cœur, je sens vivre ton âme,
Bientôt tu t'armeras pour punir un infâme;
Mais ne perds pas de temps! Dresse, puisqu'il le faut,
Pour le dernier tyran, le dernier échafaud!

FIN.

TABLE DES MATIERES.

—

www.ingramcontent.com/pod-product-compliance
Ingram Content Group UK Ltd.
Pitfield, Milton Keynes, MK11 3LW, UK
UKHW022139190726
13855UKWH00003B/1226